KB035183

문학과지성 시인선 474

ㅅ ㅜ ㅍ

김소형 시집

문학과지성사

문학과지성 시인선 474

ㅅ ㅜ ㅍ

초판 1쇄 발행 2015년 11월 11일
초판 4쇄 발행 2023년 2월 13일

지 은 이 김소형
펴 낸 이 이광호
펴 낸 곳 ㈜문학과지성사

등록번호 제1993-000098호
주   소 04034 서울 마포구 잔다리로7길 18(서교동 377-20)
전   화 02)338-7224
팩   스 02)323-4180(편집) 02)338-7221(영업)
전자우편 moonji@moonji.com
홈페이지 www.moonji.com

© 김소형, 2015. Printed in Seoul, Korea

ISBN 978-89-320-2801-9 03810

이 도서의 국립중앙도서관 출판예정도서목록(CIP)은 서지정보유통지원시스템 홈페이지
(http://seoji.nl.go.kr)와 국가자료공동목록시스템(http://www.nl.go.kr/kolisnet)에서
이용하실 수 있습니다. (CIP제어번호: CIP2015030194)

문학과지성 시인선 474

ㅅㅜㅍ

김소형

2015

시인의 말

그리고 버려진 성당에 종이 울린다.

2015년 11월
김소형

ㅅㅜㅍ

차례

시인의 말

하나의 계절을 산책하며

엄마에게

눈

그곳은 흰 방이었다.
둥!
먼 곳에서 북소리가 났지.
질긴 살을 두들기는 소리였다.

나는 걸었다
걷고, 걷고, 걸었어

방의 전등이
아무 때나
켜지고 꺼지는 곳에서.

푸른 밤은
돌아오지 않았고
아무도 나를 부르지 않았어.

나는 썩은 나무판자에 누운
사내들 옆에서

잠이 들기도 했지.

눈을 떴을 때
사내들은
늘
죽어 있더군.

나는 그들의 머리카락으로 짠
그림자를 바닥에 깔고
시체의 가죽을 두들기며 노래를 불렀어.

방이여!
영원히 굴러다오!
개의 입에 물려 있을 때에도
대지가 물어뜯을 때에도

눈은 모든 것들을
게걸스럽게 씹어 먹을 거야.

눈은 당신을 천천히 삼켜
한 구의 신선한 시체로 밀어 넣을 거야.

그리고
영영
이 하얀 방
나무판자 위에 올려놓고
시체를 두드릴 테지.
방의 전등이 켜지고
다시 꺼질 때,
바로 그때,
둥, 둥

사물함

사물함을 열었더니,
늙은 염소가 얼어 있었어,
목이 뒤로 꺾인 채,
나는 뜨거운 밤이 들어갈까 문을 닫았지.

두번째 사물함을 열었더니,
집 나간 어미가 나를 보았어,
거기서 뭐하세요,
무서워, 무서워,
나는 자물쇠를 걸어주었단다.

세번째 사물함을 열었더니,
잃어버린 악몽이 가득 차 있었네,
뱀의 눈을 가진 남자,
하반신이 잘린 채 눈알을 뽑고 있지 뭐야,
내가 쳐다보자
그는 갓 뽑은 눈알을 내게 주었어,
그가 웃으며 문을 닫았지.

마지막 사물함은 굳게 잠겨 있더라,

통, 문을 두드리고,

퉁퉁, 발로 두드리다

아까 받은 눈알을 밀어 넣고 안을 들여다보니,

길 잃은 사물들이 춤을 추고 있었어,

모든 사물함을 다 잠글 수 있을 자물쇠 주변에서,

둥글게 통, 퉁, 제를 지내듯.

어느새 나는 지루한 시계가 되어

그들과 뛰어다녔단다,

그렇게 하루를, 또 하루를,

사물함 안에서 자물쇠를 걸고, 그렇게,

또, 세계를 닫았단다.

사이렌

1부

　깨우지 마라 저 순박한 처녀, 순결한 젖가슴 오므리고 기도하는 저 처녀, 깨우지 마라 코르셋 조이고 풍만한 드레스 입은 여자, 부드러운 치맛자락 만지는 저 소녀도, 아무것도 깨우지 마라 부채 휘저으며 걷는 소녀, 허리 곧추세우며 걷는 여자들, 그들을 바라보는 남자들까지
　어떤 것도 깨우지 마라 깨어 있는 건 저기 떠다니는 개들뿐이니, 서로 헐떡이며 사이좋게 죽어가는 개들뿐이니

2부

　처녀는 노래한다 목소리는 감정을 숨길 수 없어요 순박한 처녀, 아무것도 모르면서 노래한다 만돌린을 연주하는 떠돌이 사내, 그는 손가락을 뻗어 연주한

다 옥수수염 매달고 하나씩 끊어가며 연주한다 모
든 현이 다 끊어질 때까지 소매로 콧물을 훔치고 연
주한다

저 처녀 눕히고 아이를 가질 때까지 그는 조심스
럽게 더듬거리며 연주한다 오페라하우스 주변에서,
언제나 그 주변에서

3부

그만할까 그들은 홀에 올라가 외친다 이제 그만할
까 목 쭉 빼 들고 다가오는 여자에게 떠돌이 사내가
외친다 두 뺨 벌게져 부끄러워하면서 그만할까 처녀
도 외친다 난간에 기대 그들은 마주 보며 그만할까
비명 지르며 떨어지면서도 그만할까

그것은 하나의 비극이다 처녀는 객석에 앉은 사람
들 속으로 떨어진다 뾰로통한 얼굴로 떨어진 처녀,
부서진 의자에 숨은 사내를 보며 그만할까

4부

순박한 처녀는 기도한다 거울 앞에 서서 드레스
벗으며 부드럽고 귀한 살 매만지며 기도한다 자신의
가슴에 붙은 세 개의 유륜과 젖꼭지 매만지며 기도
한다 엉뚱한 곳에 매달려 있는 것들, 어딘가 더 있을
지 모를 것들, 여자는 사내의 얼굴을 떠올린다 공포
에 휩싸였던 그의 얼굴을, 여자는 그것들을 옷 속에
잘 숨기며 기도한다 우울한 기분도 잠시
처녀는 노래한다 레이스 팔락이며 어떤 걸 숨긴지
도 모른 채 기도한다 그이는 어떤 걸 숨겼을까 한 사
내 옆에 앉아 황급히 기도하는 처녀는

흑백

고요한 밤,
버려진 시청에는 소녀의 익사체가 떠 있다

뒤집힌 치마,

물결을 밀어내고 선명하게 떠오르는
가느다란 실,

오늘 밤,
집집마다 딸과 아들이 태어나고
모두들 어루만지며
축복한다

활짝 열린
죽음을 향해

불언으로 고백하는
다정한 손들,

벽

그건 아주 낡은 벽이었지
하얀 점이 그려진
그런 벽
너는 비밀을 적고
나는 하얗게 덧칠하는
그런 벽
점은 더욱 커졌지
거대해진 점
말랑말랑하게 부풀어 오른 하얀 점
마치 시간의 물집 같았지

밤,
나는 힘껏 벽의 물집을 뜯었어
안은 텅 빈 통로더군
천장엔 거꾸로 매달린 실타래가 가득,
내가 톡 하고 건드리자
실타래가 쩍 벌어졌어
그 속에서 사람들이 쏟아지는 거 있지

그들은 딱딱하게 굳어
녹색 돌이 되고
붉은 돌이 되고
검은 돌이 되어
차곡차곡 쌓였어
그만, 나는 벽이 만들어지는 과정을 본 셈이야

내 비밀을 말해줄까
사실 내 팔뚝에는 하얀 점이 있어
점은 더욱 커져 물집처럼 부풀었지
말랑말랑한 부분을 잡고
껍질의 경계선을 뜯어내면
살이 뜯겨져 팔뚝 안이 보여
그 속에는 핏줄도 뼈도 없어
마네킹처럼 텅 빈 팔뚝,
쩍쩍 갈라진 그 속에는
아주 작은 팔이 자라고 있거든
그만, 나는 내가 만들어지는 과정을 고백한 셈이야

뿔

나는 뿔을 만들어
매일 밤,
점점 벌어지던 치아는
굵은 뿔로 변했어
뿔, 입속에서 솟아난 하얀 돌

바다로 뛰어든 너,
내가 너를 부르자
너는 소금 뿔이 되었다고 말했지
뿔, 파도에 날리는 유령들

나는 매일 밤을 기다려
밤, 그건 우리를 끌어안는 뿔이니까

뿔을 만들고 싶다고?
이건 내 속에 사는 박쥐인데
이건 피리를 부는 해골인데
이건,

이건,

그게 아니라면
그럼 그건 당신의 뿔이야.
뿔, 당신이 찾는 모든 것,
뿔, 당신의 모든 것,

우리는 매일 밤 뿔을 만들지
단단하고
텅 빈,
그런 뿔을
또 하나의 당신인,
그런 뿔을

검은 오렌지와의 대화

우리는 아침마다 기차역에 가
기찻길에 낡은 구두를 벗어두고
때론 담배를 피워
아이를 안은 아주머니,
붉은 머리칼의 여자는 뜨거운 레일에 누워
늘어진 하늘에 불을 붙이지
불붙은 하늘은 돌돌 말려 자갈이 돼
하늘에서 떨어지는 푸른
돌
이제 의식이 시작돼
침묵의 돌을 입에 넣고
서로의 비명을 움켜쥐거든
서서히, 빠르게
기차가 지나갈 때까지
짓밟혀 늘어질 때까지
화르륵 불붙어 돌돌 말린 검은 오렌지가 될 때까지
우리는 검은 오렌지가 되어
데굴데굴 굴러갈 거야

당신은 우리에게 말했지
이런, 검은 오렌지잖아
당신은 몸을 둥글게 말고 말했지
시체의 둥근 뺨을 닮았고
가슴에서 솟아난 눈물과도 닮았네
검은 오렌지, 내게 말해줘, 검은 오렌지
늘어진 것을 바라보다 불을 붙이며
검은 오렌지, 내게 말해줘, 검은 오렌지
당신이 말해줘

신성한 도시

텅 빈 거리,
큰회색머리아비 푸른 깃 사이로
빗방울
떨어진다

창밖에 떨어지는 비를
이제 도시라고 부른다

증발한 도시
흘러간 도시
저지대 속 시체를 품고
멸망한 도시

벽난로도 없고 늙은 망령도 없는
도시에서

산산조각 난 채로
몸을 떨구고

훌쩍이던
비

관

관이 열렸다
천장이 높은 관이 열렸어
셔츠를 잘 벗어
다리 한 짝과 걸어두었지
처음으로 생긴 내 방이야

방 구하러 왔소
누군가 문을 두드렸어
문은 보이지 않고 그는
내 옆에 앉아 있네
우리는 말캉한 눈을 뽑아
구워 먹었어 진흙에
늑골을 심고 오줌을 누고
다시 먹었지

방 구하러 왔소
또 한 명이 늘었네
몇몇은 마네킹처럼

부러진 채 벽을 보고 얘기하지
황급히 눈알을 숨겼지만
곧 나눠 먹게 될 거야

방 구하러 왔소
이곳이 꽤 유명해진 모양이군
누군가 바짝 마른 살가죽을 뜯고
누군가 돌돌 말아 옆에다 두고
누군가 벽을 치며 불붙이고
누군가 그걸 물어 담배를 만들지
담뱃재는 바닥에 떨어지지 않고
작은 이빨들만 떨어져 나가네

이불을 들추어내면 침대는
갈라져 있지 우리는 여섯 조각으로
몸을 끼워 조심히 눕네
누군가 낄낄대고
누군가 말을 하지

거 조용히 좀 합시다

손가락으로 만든 시계는
계속 같은 시간을 가리켜
여섯 시, 오로지 여섯 시
걸어둔 다리 한 짝을 꺼내 시계를 돌린다
이제 시간은 아홉 시, 오로지 아홉 시
다른 시간의 사람들이 찾아온다

방 구하러 왔소
모든 게 갉아 먹히기 위해
시계는 돌아가지
모든 게 무너지기 위해
관은 돌아가지

목에 숨겨둔 눈알에선
작은 무화과 열매가 달렸네
몰래 한 알 품속에 숨기지

28

우리는 각자 돌아가며 무너지네
시계는 다시 두 시, 오로지 두 시
썩은 계절은 돌아가며 무너졌어

사형집행인이 타는 열차

사형집행인이 당신을 봐
그림자처럼 시침을 떼며 당신을 지켜봐
어떤 소리도 들리지 않는 낮,
눈물도 떨어지지 않는 낮에
옷깃을 여미고 그는 기다리고 있지
사람들은 열차를 기다리고
아이의 머리를 쓰다듬고 있어
아직 그는 보이지 않아
알림판이 뜨고 열차 문이 열렸어
사람들은 가방을 올리고 손잡이를 잡지
열차를 탈 시간
전등이 깜빡깜빡
사형집행인이 탈 시간
신호가 깜빡깜빡
열차를 탔던 사람들은 저마다 레일로 떨어지고
그들 눈에 검은 집행인이 동그랗게 자리 잡았지
사형집행인은 눈에 들어가 몸속을 빙글
돌아다보네

하나, 둘, 셋, 눈에서 기어 나온다
턱뼈가 빠진 사형집행인,
그가 웃으며 내 등짝을 치자
열차가 온다
불빛이 흔들리면 집행인들이
열차에 부딪혀 날뛰고 있어
그림자처럼 돌아다니며
사람들 눈에 숨어 있던 검은 집행자가
다른 눈동자를 향해 무리 지어 들어가네
사형집행인이 내 눈에 들어왔어
속눈썹에 매달려 우리를 재고 있지
이렇게 시침을 떼면서, 깜빡깜빡

푸른바다거북

동이 트는 순간에
바다에 가면
안다
밤과 바다가 갈라져
오렌지빛, 눈 뜨는
그 순간에

어깨에 천을 둘러싼 채
젖은 머리칼로
저 깊은 곳에서
나오는 사람들이 있다는 걸

사실 나는 그를
안다
눈이 움푹 파인,
조용히 웃음 짓던 그 사람
말없이 바다에 빠진 그 사람
이제는 새벽마다

바다에서 기어 나오는 그 사람

그를 보러 간다

가끔 소리 질러도

그는 슬쩍 고개를 돌릴 뿐

아주 느리게 어딘가로 가느라 정신이 없다

커다란 석물을

등에 짊어지고

새벽마다 나오는 사람들

남자는 자신의 이름을

등에 새긴 채

그들과 걷고 있었다

그는 자신의 돌을

바다에 세우는 데 성공한 모양이다

이곳은 묘혈이 되었다

누구도 넘보지 못할
그런 거대한 무덤이

ㅅㅜㅍ

꿈속이라 믿었던 숲이었습니다
어딜 가나 음악이고 어디서나 음성이던 숲
저는 환한 잠을 따 광주리에 담았습니다
제게 잠을 먹이려는 어수룩한 무리가 있었고 다시
이 세계가 사라지기만을 기다리는 천사들이 있었지
요 밤마다 불 피우며 땅속에다 숲을 두고 돌 속에다
숲을 두고 주머니에도 발가락 사이에도 두었습니다
이미 죽은 당신에게 총을 겨누는 병사들과 당신을
묻기 위해 땅을 파는 인부들과 숨겨둔 숲을 찾아 도
끼질하는 벌목꾼을 피해 그리하여 숲은 만들어졌습
니다

숲을 두고 숲을 두고
그저 당신과 하루만 늙고 싶었습니다
빛이 주검이 되어 가라앉는 숲에서
나만 당신을 울리고 울고 싶었습니다

금빛 뱀 카누

우리는 눈을 감고 카누를 타
당신은 낚싯줄을 드리우고 나는 앉아
노래를 불러
잔잔한 호수
물결에 바람이 일고
햇빛은 머리칼에 끈적이며
흐르지 찌가 움직이면
힘껏 줄을 당겨
거대한 금빛 뱀이 튀어 오를 때까지
비늘도 혀도 없이 반짝이는 금빛 뱀
입을 쩍 벌리는 금빛 뱀
당신은 슬쩍 머리를 넣어보지
매끈하게 빨려 들어가는 당신의 몸
이제 카누에 금빛 뱀이 탔네
나는 눈을 감고 가만히
금빛 뱀 목소리를 듣지
뱀이 지느러미를 움직여
노래하네 내 목소리를 삼켜봐

한 사람이 뱀의 입속으로 들어갔네
죽은 사람은 죽고, 죽고, 다시 죽고,
또 한 사람이 뱀의 입속으로 들어가네
돌림노래라도 해볼까 나는 뱀의 입속으로
들어갔지 흰 손들이 내 뺨을 어루만졌어
뒤엉킨 사람들이 뱀의 혀 되어
나를 핥아주었지
푸르뎅뎅하게 녹은 입술들이
배 속에서 들썩이네
우리는 계속 노래하기로 했어
카누를 탄 금빛 뱀, 금빛 뱀을 탄 카누
모든 것은 금빛으로 반죽된다
금빛 금빛 계속 부른다
금빛 입 벌려 우리는 노래한다
금빛
금빛 뱀, 뱀 카누

하임의 아이들

그것은 한마디에서 시작되었네
기억나?
넌 비옷 인형 같았어
어떤 것도 두려워 않고
천장에 매달려 흔들리는
기억나? 누군가 네 손을 잡으면
바로 물어뜯어줬던 거

우린 흙탕물 고인 뒷간에 살았지
코를 막고 말뚝을 밟고
언제나 가난하고 초라한 풍경을 깔고
그래도 좋았어
찢어진 요에 누워 휘파람 불면
쥐 떼들은 살가죽 갉아 먹으며
지켜보았네

그슬린 작은 뼈,
떨어져나간 달력들,

입속에 뼈를 넣고 굴려 빨아 먹던 날

내가 계속 자라는 송곳니를 보여주자
넌 하임에게 바치자 했지
이걸 주면 그는 빵을 줄 거야
밤에만 뺨을 때릴 거고!
그 말에 솔깃해 부지런히 이빨을 다듬던 날들

기억나? 네가 줄에 매달려 썩고 있을 때
하임은 녹슨 면도칼 꺼내
그 하얀 이마에 자신의 이름을 새겼어
난 이제 차례를 기다려
자꾸만 누군가 "기억나?"라고 이마에 새길 것 같은
시월을 보내면서

굴

들어가서 자 귓가에 누가 속삭였네 바람이 불었
어 누군가 나를 커튼 뒤로 끌고 가 삐걱대는 턱 움
직이며
사랑한다 말했네

여전히 내 방이었고 비가 내렸지 걱정할 건 없어
벽이 꿈틀거렸네 흰 돌처럼 쌓여 벽 이룬 뱀들, 벽이
흔들리고 있었지

당신이었구나 입에서 수풀이 자란 남자, 눈꺼풀에
이끼가 덮인, 투명하고 찐득한 침 흘리는 남자,
뒤늦게 알아보았네

커튼이 부풀고 밤은 살처럼 흘러내린다

어서 자, 여긴 네 방이잖아 당신이 말했지 방은 열
어도 방이었고 벽은 움직여도 다시 벽이었어 창문이
열리고 닫히고 다른 세계를 열고 닫아도 우리는 여

기 있었지

　여기 이 굴에서 길 잃고 어쩔 줄 몰라 하는 당신,
더러운 발 꼼지락거리며 슬프게 잠든 당신, 이 하얀
굴에서

　쓰다듬고 있었네 사랑하는 시간들 후드득후드득
정수리로 쏟아지고 우리는 끌어안은 채 단단하게 굳
어갔지 하나의 뱀처럼 이어져, 서로가 기어가는 소
리 내면서 스슥 스스슥

소녀들

복숭아가 떨어져요
가슴에서 허벅지로 발등으로 자꾸만 떨어져요
이마에서 짓무른 향이 나고 저는 길바닥에
알몸으로 누워 있었어요 발가벗겨진 채 누워 있어
요 사람들이
밟고 밟아 얼굴이 뭉개져 부끄러웠어요
길가에 누운 소녀,
발 뻗으면 작은 갈림길 생겨났어요 그 사이엔 물
풀이
한 줌의 털처럼 자랐고 몸 조금씩 불어갔죠
호수에 검불이 떠다녔고 종소리도 얕게 떠다녔어요
모든 것이 죽고 나서야 떠다니네요

저기에도 소녀가 있어요
그 소녀, 나뭇잎 속에서 싯누렇게 말라가고 있어요
연인들 속삭이고 아이들 뛰어다니지만
아무도 보지 않네요
벤치 아래 소녀,

소녀는 사람들의 뒤통수만 봐요 축축한 슬픔과 함께

썩어가면서 소녀는 자신을 눕힌

신사를 봐요 엄마와 할머니가 공원을 지나가지만 여길 보지 않네요

그들은 행복해 보였고 뒤돌아볼 이유가 없었어요 소녀만

작게 외쳤어요

엄마

엄마는 자신을 사랑했어요

구름사다리에도 소녀가 있었죠

긴 머리칼을 풀어헤친 채 단화 고쳐 신고

소녀는 고백했어요 그 머리칼 속에 바람이 흔들리고 있었죠

긴 머리칼 소녀,

좋아하는 걸 해주고 싶었어요

목매달고 엄마를 바라보았죠

그건 어떤 이유도 필요 없는 일이었어요
소녀가 발 까닥이며 자신의 머리칼 속에 파묻히
네요

소녀들
다리를 쭉 뻗고 누운 소녀들
길에서 벤치에서 철봉에서 더 길게 길게 누운 소
녀들
그런데 사람들은 보지 못했죠
도대체 그들은 어떤 걸 보고 있을까
작게 재잘대는 궁금한 소녀들

정전

정전이었다
촛불을 켰을 때 그가 날 찾아왔어
창문을 열자 밖은 더 밝았지
창가 식탁에 앉아 낡은 항아리에 물 담고
그의 얼굴을 바라보았네
그는 나가자고 했지

정전이었어
옥상의 길 따라 옆 담벼락으로, 또 담벼락으로
꽤 걸었지
거리는 조용했어
그가 묘지로 가자고 하더군

정전이었네
유리관을 만들어 누운 사람들
모두가 조용했지
관에 올라 그들을 바라보았어
그들은 쩍 벌어진 눈으로 쳐다볼 뿐

입은 앙다물고 있었지
관을 반만 열어 허연 가슴팍에 꽂힌
유리 몇 조각 뽑아주었어
그는 그럴 필요 없다고 했지
살아가는 게 겁이 날 때가 있어
발밑에 무언가 웅크리고 있지 않소
벌리고 마시고 주무르던 사람들
여전히 정전이었다

길게 혀 빼고 눈 끔뻑이는 사람들
세상은 온통 그들이 낳은 자들로 가득하더군
머리만 빼놓고 파묻힌 아이들
한 소년 땅에서 꺼내 흙을 털어주었지
얼굴을 알아보긴 어려웠어
그가 발로 땅을 툭툭 차며 말했지
뼈대가 보이는 건물에서 태어났군

발에 차인 한 아이 머리칼 헤쳐

작은 머리핀 빼냈지

잔머리 정돈해 꽂고 일어섰을 때 조용했어

정전 속에서 움직이는 건

정전 속에서 들리는 건

오직 그들의 깜빡임뿐

사랑, 침실

밤, 붉은 여자가 떠났다
사랑, 침실로
여자가 창문에 고개
들이밀고 내 침대에 올라왔지
사랑, 침실로
옆에 누워 속삭이며
죽음의 이불을 덮자
하이얀 눈 굴리며
죽음의 이불을 덮자

내가 여자의 손 힘껏 움켜쥐자
쑥 빠져버린 팔
가슴에 품고 거리에 나와 소리 질렀지
이걸 봐! 왼팔과 오른팔이
부메랑처럼 붙어 있는 붉은 팔,
던져도 다시 돌아오는 밤의 발톱을
그러나 사람들은 떠났네
사랑, 침실로

서로의 발 보며 잠들었던 부랑아들
서로의 몸 깔고 누웠던
노숙자들, 모두 여자의 허리
끌어안느라 정신없었지
여자가 내게 말했다
그 팔로 베개를 해보는 건 어때?
낮은 신음으로 자장가
불러줄게 낭떠러지 같은
여자의 입맞춤
밤은 끝나지 않았지 여자는
목덜미 핥으며 시커먼
속삭임 멈추지 않고

나흘 밤 되도록 다들
깨지 않고 나는 홀로
우두커니 거리에 서서 되돌아오는
여자의 팔을

되돌아오는 긴긴 밤을 계속
계속, 던져야만 했네

하얀 장미, 숲

아무도 믿지 않겠지
내가 머리 없이 숲에 있었단 걸

죽음의 별
그 가시덩굴
둘러싸인 숲에서

차디찬 땅냄새
유령 되어 피어오르는 숲에서

하얀 장미 숲에서
봉오리 맺힌 장미 맨발로 밟으며 춤추었지

밤의 탱고를,
피의 왈츠를,
뼈의 살사를,

하얀 장미 머리가

굴러다니는 숲에서

누구도 알 수 없었겠지
장미 한 송이
굵은 목에 꽂고 춤추었단 걸

번쩍이는 빛

숲에 있던 하얀 장미가
목에 꽂힌 하얀 장미가
활짝 피던
그 찰나

땅속에 묻힌
새끼 여우 튀어나와
내 머리 같은 장미 물고
작은 눈 껌뻑였단 걸

꽃잎 깨끗이 발라 물고
몇 번이고 뒤돌다
쪼개진 밤
짤랑거리며 떠났단 걸
아무도 알지 못할 거야

이렇게 흐릿한 숲밖에는
아무도 찾지 않는 숲밖에는
여전히
머리 잃고 산다는 걸
아무도, 아무도 몰랐을 테지

불편한 연인

두꺼비 내렸다
건널목에서
땡볕 사람들 차 세우고
그 광경 지켜보았다
건널목에서
연인이 손잡고 뛰던 곳
사신들은 질긴 두꺼비
씹어 먹다가 고개 들었다 건널목에서
참을 수 없는 잠이 오면
죽음도 귀찮아, 내가 말했다
건널목에서
몇몇은 클랙슨 울렸고
우리는 길 가로질러 꼼짝 않고
누워 있었다 건널목에서
침 질질 흘리며 햇볕 쬐고 있었다
모두들 웅성거리며 다가와
먹살 잡았다
그리고

아주 조용히 서로에게 말했다
이미 죽었잖아
네가 나직하게 속삭였다
드디어
우릴 버리러 온 모양이군
죽음이 다닥다닥 들러붙는
오후 한 시
그것은 두꺼비와 닮았다
서로 뒤집혀 새까맣게 말라가는
오후 한 시, 불면에 시달리던 날들
깜빡
잠들었다

깊은

허기진 아이는 썩은 과일 물고
난간에 올라
내장이 터진 새들을 쫓는다
쉴 곳 없어 몸을 움츠린 채
창가에 매달려 있으면
사람들은 그들을 걷어 옆집 옥상에 올라가
살그머니 빨랫줄에 널어놓지
아스라이 솟은 지붕에다가 몰래 올려놓고
콧노래 부르며 그 광경이 보기 좋은지 한참을 바
라보네

언제였을까
내 입에서 작은 손이 솟아 온몸을 꿰뚫었는데
귀찮아서 힘껏 뽑아버렸더니
그 구멍에서 아이들이 자꾸만 태어났어
떨어져나간 손은 지금도 내게 기어와
정신없이 아이들을 끄집어내고 있는데
그걸 아무리 말해도 사람들은

그런 일이 있을 수 있나요,라며 화들짝 놀라고
시치미 떼며
자상하게 입에 낡은 기도문 물려놓는다
저기 앉아 놀고 있는 아이를
어떻게 할까 즐겁게 생각하면서
어떻게 해볼까 터져 나오는
웃음을
참으면서

일월

어제, 지하실에서 죽은
내가 줄줄이 발굴되었다
어둠 속에서 깜빡이는 얼굴들, 어둠 속에서 나타
나는 얼굴들
잇따라 나오는 나체들 생각해보니 나는 참
잘도 죽었구나
이제는 꽤 많이 쌓인 것 같은데
그러거나 말거나 놔두고 살았지
맨발로 가볍게 밟으면서
이걸 언제 치우나 싶어 엄두가 나질 않았는데

슬그머니
너희들 도망가고 있었다

놀자, 데굴거리며 따라다니던 너희들
몰래 한 명씩 한 명씩 사라졌지
나와 놀자, 따라다니던 너희들
눈길도 주지 않았건만 어느새

방 말끔하게 비워져 있었네

종 울린다
홀로 복도에 서서
다리에 멈춘 밤기차 보다가
환한 불빛 아래 물끄러미 쳐다보는 사람들
눈 마주쳤지 익숙한 얼굴들
뭐가 그리 좋은지 볼 빨개져 재잘대는 너희를 보
다가
그만 나도 모르게 손 흔들었다

안녕,
어제와 오늘을 축복하면서 행복해야 해
한껏 손 흔들면서

상영관

죽은
버드나무
숲
잠들다 세 사람
잠들다 이마를 맞대고 고이
잠들다
빛이 밤을 부르고
진눈깨비 내린다
세 사람이 내린다
뜨거운 밤
얼크러진 연인의 얼굴
떠오를 것 같다 땅에 귀
대면서
아무도 쓰지 않는 단역 배우처럼
놀라게 하길 실패한 망령처럼
참 재미없는 인간이라고
진눈깨비
쑥덕이며 내린다

바람 깊어지고
긴 밤 늘어나는데
두 팔, 두 다리가 없는
소년의 성장기를 생각한다
꿈속에서도
팔다리가 잘린
빛과 늪을 상상한다
아무리 지켜봐도
나오지 않는
자막 뒤 살인 같은 것
결코 나올 수 없는
너와 나의 사건 같은 것

지하 깊이 눕는다
모자가 눕고 외투가 눕고
시계가 눕고 전화가 눕고
나의 단잠도 눕는다
나는 세 사람과 누워 있다

영사기가 돌아간다

미안, 요즘 너무 피곤해서,

습관

옛날 옛적에……

모든 이야기는 이렇게 시작됐다
옛날 옛적에 괴괴한 마을에서 길을 잃었다
시커먼 온몸에 몽글몽글한
머리 마구 솟아나는
소설을 생각하던 참이었다
낯선 곳에서 그림자는 불쾌했는지 거대한 광물로
변해 있었다
나는 작은 소금 기둥처럼 붙은 채 쩔쩔매며 헤맸다
그리 옛날도 아닌데
내가 아는 모든 사람들이 늙어 있었다
그들은 내게 삶은 감자를 건넸는데
분명 소설 속 여자 머리를 씹어 먹는다면 이런
퍽퍽한
맛일 거라 생각했다
사람들이 모두 옛날 옛적에를
경구처럼 외우고 다니던 시절이 있었다

소싯적에 멋진 그림자 없는 사람이 어디 있냐고
하도 닳고 닳아 이런 거라고
내가 움쩍하면 아직도 기이한 소리를 낸다고

잘도 떠들어댔다

그림자 파편이 만물에 내리던
그리 오래되지 않은 날들이 있었다
몸은 살로 덮여만 가고
눈 감아도 자꾸만 움푹 파인 웅덩이가 보였다
순간순간 선명하게

귀 눈 코 입 코 입 눈 귀

매일매일 웅덩이와 마주치며 살았다
　그러니까 옛날에 인간들은 서로를 향해 주먹질을
해댔다
　그림자는 발에 툭툭 차이면서 마구 발길질을 당하

거나
　　떠돌아다녔다
　　서로가 어디를 뚫는지도 모르면서 마구
　　휘갈겨댔다
　　무서운 게
　　얼마나

　　떠오를지 모르면서

올가

　　—안녕, 내 사랑, 나는 올가야 언제나 덫을
놓고 기다리는 사실 오래전부터 생각한 게 있어 내
가 다시 태어난다면 뭐가 됐을까 싶은, 기묘한 역병
이었으면 어땠을까 모두에게 희귀한 병을 주는 초능
력이 있었다면, 시궁쥐의 붉은 배 속에서 웅크렸다
가 사방으로 터지고야 마는 강력한 이름을 가졌더라
면, 하지만 때로는 아주 볼품없는 불알로 태어나 묵
언 수행을 하고 싶을 때도 있지, 꽤나 쓸모없는 그래
서 쓸모 있는

　안녕, 내 사랑, 난 올가로 불려, 만약에 시도 때도
없이 터져 나오는 웃음이면 어땠을까 유언을 할 때
면 불쑥 찾아가 마구 비웃는, 웃음 행렬인 전쟁터면
어땠을까

　　—그건 상상이 잘 안 가는군

뭐가 되고 싶었을까 한때는 믿음 소망 사랑 중에

믿음이 되고 싶었지 그중에 제일은 어려운 법 서로
다음이라고 언제든지 둘러댈 수 있는 그런 적당한
것이 되고 싶었달까 하지만 고작 올가 씨라 불렸지
유령 앵무새도 되고 싶었고 화분에서 자라는 흰올뺴
미도 되고 싶었는데 그저 인사나 나누고 마는 올가
가 되고 말았네

　　──그만 내 사랑을 외칠까 나는 이제 일요일이
되고 싶어 세상 모든 날들은 일요일이니까 결국에
일요일은 다 비슷해 보인달까
　안녕, 이 지긋지긋한

궤

물에 잠긴 도시 언제나 침수된 도시 그곳에서 살
고 싶던 어린 나의 기억
물에 잠긴 그녀는 도시의 자랑거리
모두가 탐냈기에 그들은 공평해졌지
각자 유목을 가져와 궤를 만들고 그녀를 보관하
기로
비는 물을 사랑하고 비와 물은 멈추지 않았으니
새 떼가 익사하고 기도는 수몰되어 사라졌지만
물은 인간들에게 전해주고 싶었다
그녀가 얼마나 아름다웠는지를
수십 세기를 떠다녔던 그들의 자랑거리
녹색 표피의 그녀를 마주친 것은
우연한 사건
호수에서 사람들은 발견한다
궤는 열려 있었고
그 안에서 그녀가 속삭였지
비와 물의 사연을 읽어주듯
긴긴 이야기를

모두 한참을 듣다가 고개 들어 쳐다보았다
매끄럽고 눈부신
양치식물이 뒤척이는 광경을

구도자

아무도 없는
한 교실
목단나무에는
갈라진 혀가 걸려 있다
늘어져
춤추는
두 개의
문
소년은 창밖
의자에 앉아
새를
산 채로 뜯어 먹는다
길쭉해진
두 개의
피
들썩이는
책상
어린 친구가

낄!

낄!

총성에 맞춰 터지는

소리

홀

건널목에서
노파를 만났지
길 잃으면
나타나
우두커니 서 있는
아무도 얼굴을 모른다는
노파를 말이야

정수리에 솟아난 푸른 샘물,
모래를 감싸는 금빛 오로라 같은
그런 긴 머리칼을 갖고 있어서
아무도 얼굴을
볼 수 없었다, 했지

노파는
갑자기 생겨난 여러 개의 구멍을,
움푹 파인 땅을,
모래가 빨려 들어가는 언덕을

바라보고 있었어

그 속에선
늑골이 늑골을 낳고
부서진 뼈는 숨을 내쉬었지
그걸 보고 만 거야

그 뒤로
커다란 구멍을 볼 때면
이상하게도
그 얼굴이 떠올라

뚫린 눈,
눌린 귀,
뼈를 삼킨
커다란 입,

어쩌면 나는

매일 무너진 얼굴을
걷는지도 몰라

역행 카논

거울 속 사내가 내게 물었지 / 누구세요? / 나도 물었어 / 누구세요? / 사내는 셋으로 나뉘었지 / 네가 누군지도 몰라? / 그가 말하더군 / 네가 누군지도 몰라? / 한 사내는 침묵하고

나의 종말은 너의 시작 / 너의 시작은 나의 종말

입에서 자라는 나무들

빛은 그의 얼굴을 모르고 / 그는 빛의 얼굴을 모르고

누가 종말일까? / 누가 시작일까?

(순서는 상관없을걸)

후

한 남자는 공을 찬다 석양을 향해 크고 두려운 빛
이 타고 있다 저 공이 나를 찾을 거야 남자는 도망가
고 공은 굴러간다 한 여자는 그 광경을 본다 공이 나
를 노리고 있구나 행인들이 길가에 우뚝 서 있다가
공을 찬다 여자는 전화를 건다

고수부지에서 익명이 발견된다 형사들이 그의 시
체를 뒤적이다 진동을 느낀다 그들은 전화를 받는다
제게 무슨 일이 생긴 것 같아요 이 번호가 계속 떠올
랐어요 강물에 휘감긴 바지와 구두가 물결에 부딪히
는 걸 여자는 목격한다

그 남자야 도대체 저 공은 뭘 원하는 걸까 오래전
부터 이상한 코스튬을 하고 날 지켜본 걸 알아 그것
은 친절하게 때로는 신실한 이웃으로 때로는 종말을
알리는 애인으로 찾아왔다 여자는 직감했다 마침내
자신이 홀로 있을 때 끝끝내 방문할 것임을

문 덜컥인다 뜀박질 소리

형사는 여자를 찾는다 여자의 집은 무너져 있고
공만 사뿐히 앉아 있다 서서히 궤도를 비틀며 굴러
가는 공, 형사의 발 앞으로 떨어진다 그는 화들짝 놀
라 공을 차고 벽이 맞받아친다 사람들이 쑥덕인다
무슨 일이 벌어지고 있어 아침부터 공놀이라니

법정에 놓인 공은 그저 무서운 풍경을 보았다고
진술하였다

섬

장전된 태양이
이마를 겨누는 섬

해일이 일고
붉은 바람이 분다

광장에 나뒹굴며 깨진
햇빛

여기는 빛의 섬
오늘은 눈부신 날

바다가
멀리
잔을 흔들고

너희는 태양의 밀주
모두가 눈머는 날

해일이 일고
붉은 바람이 분다

그림 찢는 살롱

오래전부터 커다란 비닐에
사람을 담는 걸 좋아했다
머리에 총 맞은 남자 두 점,
녹색 혀를 가진 여자 한 점,
가끔은
막 담근 올리브를 끌어안은
노파를 걸고
가끔은
구도를 바꿔
거꾸로 매달기도 하고
뚝,
뚝,
떨어지는 비명
그럴 때면
도끼로 내리치면 그만
남들은 이들을 벙어리라고 생각한다지?
찢어진 그림에는
물감이 흐르는데

붉은 페인트는 눈가에
녹색 페인트는 입가에 칠하자
그렇게 나는
너의 시선이 되어
걸려 있을 테니
그렇게 나는
기다리고 있을 테니

오케스트라

옥수수밭이 탄다
뿌연 창문 속 연주하는
오케스트라
화염의 손 부드럽게 흔드는
오케스트라
넌 이곳에 날 밀었지

얼마나 춥니
정성껏 깎은 밀대로
허벅지 가볍게 찌르며
밀었지
너와 거닐던 곳
둥근 뼈 몇 알 되어 굴러다녔어

타닥거리는 작은 통로
낮게 깔린 지붕들
다 불사르리라
춤추는 바람, 발 맞추는 사람들

다 불사르리라
난 밭에서 기어 다녔고
발길질하던 낯선 사내는
검은 혀 뽑으며 돌아다녔지
다 불사르리라
노파가
타닥 리라를 뜯고 있네
얼마나 춥니

악몽이 다가와 이마를 쓰다듬으며 묻는다
너, 이름이 뭐였지?
찌꺼기를 파먹는 사람들
타 들어가는 사람들
다 불사르리라

여자가 앳된 소년을 끌어안고
뜨거운 재갈을 입에 물리며 중얼거리네
얼마나 춥니

우리는 추워서 모였다가 죽은 자들이지
곧 몸이 따뜻해질 거야
옆에서 누군가 속삭이지

불이여, 멈추지 말고 연주해다오
묻힌 해골이 불쑥 튀어나와
손에 입 맞추네
불이여, 제발 연주해다오
제발

연소

불타는 개를 본 적 있니

퇴근길
젖이 충만한 채
이 꿈을 태우고 있는

너는 창가에 앉아
불붙은 건물을 보며
사랑한다, 안 한다,
중얼거린다

네가 벗은
붉은 스웨터
올올이 풀리고

사랑한다, 안 한다,

죽은 물성이 주인에게 버려진다

아홉 장의 밤

목을 베고 싶은 밤
검은 해변을 걸었어
그림자 없는 길에서
머리칼 말리며 뒹굴면서
도끼에 잘린 발 볼 때면
털양말 꺼내 반만 신겨주었지
한 짝은 내가 신을 거야

목을 비틀고 싶은 밤
유령들은 밤마다 목을 매네
빗방울 떨어지는 소리
당신이 몸을 던지는 소리
진종일 들으며 잠들었지

매일 내 주변을 어슬렁거리는 밤
방바닥에선 이빨이 솟아나고
시체들은 옷걸이에 걸려 쓰러지는 밤
그날 밤, 당신을 떠올렸어

부리가 잘린 알비노,
비틀거리며 이 밤을 메우고 있어
깃과 길을 밟고 지나가는 밤

유령들이 목을 걸고
나도 목을 걸고
서로 그렇게 걸고
밤은 자신을 걸며 지나간다

밤, 마지막 패
밤, 밤, 밤
밤, 밤
이 밤, 이 밤, 이 밤
우리에게 주어진
총 아홉 장의 패

헛간

여긴 위험해
담에서 살던 양들 게으르게
외쳤어 오, 오, 그랬어
달 타오르며 작은 헛간
비췄지 손 없는 한 사내
몸 말고 눈 감고 오, 오,
떨고 있었어
여긴 위험하다
그의 이마가 흠뻑
젖어 있었지
퀴퀴하고 어두컴컴한 헛간

그곳, 두 명의 사내 있었다
그들은 나오지 않고
먹지도 않았어 양의 목을 땄을 때에도
덤불 태워버렸을 때에도
그들은 나오지 않았다
모두 불타 사라진다고 말해도

그저 떨기만 했지

여름밤,
자세히 보니 그건 두 사람
아니 한 사내의 반쪽들이었네
깔끔하게 잘린
하반신, 그 발목을 꽉 잡고 있는
두 손,
이런, 그를 붙잡고 있었던 건
달아난 줄 알았던
그의 손이었네
여긴 위험하다 오, 오
갈라진 벽 웅얼거렸지

단추

빛,
다소곳이 처녀가 되어 침실에 눕는 시간
부부가 서로를 쓰다듬는다
바닥엔 똥과 오줌이,
갓난아기 발목에 걸린 기저귀는 오래되었고

참 고요하구나

정오는 정말이지 평화로워서 견딜 수 없다

부부는 서로를 움켜쥐며
처음과 끝 하나씩 뜯어낸다
여자, 벌어진 가슴에 끼워진 단추를
남자, 바라진 심장을 여미던 단추를
온몸에 달려 있던 검붉은 단추를 쏟아버리고

홀가분하게 눕는다

벌거벗은 빛,

미친 처녀들 되어 침실에 눕는 시간

두 곳의 광중처럼 자리 잡은

단추들

얼음 수용소

아이를 생각하며 빵을 굽는다
치댄 반죽 뜯어 마지막 덩어리를 발효시킨다
달궈진 오븐 속에 틀을 쑤셔 넣다가 중얼거린다
이럴 때 간이 지옥이 하나 있으면 좋겠어
일렁이는 불빛을 들여다보다가 누런 껍질이 부푸
는 순간
포실했던 아이를 떠올린다

여자는 새벽이 되면 살가죽이 타는
어둠 속으로 들어가고 싶었다

의사는 아이를 무릎에 앉히고 전단을 읽는다
이름, 사진, 연락처…… 찾습니다
여자가 문 두드린다
선생님, 아이를 보셨나요
그는 고개를 젓고는 들어가 무덤덤하게 아이를 눕
힌다
천사가 창틀에 앉아 지켜보는 오후, 그는 축 늘어

진 아이를
　　제빙기에 집어넣는다 점자책 읽듯 아이가 흘린
　　오줌을 더듬거리는 시간, 코를 킁킁거리다 혀를
쭉 내밀고

　　날뛰며 문 두드리는 여자
　　집집마다 빵 굽는 냄새가 고소하게 퍼지고
　　한 아이의 어미가 오고 다시 한 아이가 사라지는
동안
　　천사는 갓 구운 얼음을 허겁지겁 주워 먹고 있었다

　　혀끝에 늑골을 내밀고
　　순교하듯 녹아버린,

사육

뿔개구리는 뿔이 있고
그것은 점점 자란다
부부는 뿔개구리를 찾는 중이지
밤이면 그물에 걸려 펄떡이는, 밤을 헤엄치는
그것은 어디에나 있고 점점
늘어나는 중이야 밤새
잡아도 놀라울 만큼 불어나니까
팔팔 뛰는
뿔통, 살아 있는
뿔통, 날마다 그물을 치고 걷고
키우는 중이야
그물에 걸린 작은
뿔 정성껏 다듬고 입 맞출 때
뿔뿔이 모어가 튀어나오지
그들의 연주에 맞춰
밤은 뾰족해질 테고, 몰래
부르는 사람들 오늘도
사각사각

밤

깎는

뿔

자라고

귀

그리고 너는 귀를 내밀었다

희멀건 귀와 마주하고 있으니 삐쩍 마른 몸에 들러붙은 희미한 얼굴이 떠올랐다 네 귓속에는 백양나무와 살찐 암말이 있어, 내가 말하자 귀가 움찔거렸다 말똥이 뒤섞인 초콜릿 깔린 길이 있고, 그 위에서 뛰어다니는 쌍둥이 소녀가 있고, 하품을 하며 하나의 계절을 산책하는 남자가 있네, 그러자 귀는 점점 넓어지고 있었다 잠깐만 기다려봐 그 안에 뭔가 더 있어, 나는 귓바퀴를 잡아당기며 더 깊숙이 들여다보았다

그리고 네 귓속에 묻힌 묘지를 보았다

여긴 정말이지 조용하고 아름다워, 나는 비석에 적힌 이름을 확인했다 사라진 소리들이 햇살을 받으며 가지런히 누워 있었다 저기 내 이름도 있어, 네가 나를 불러주지 않는다면 저곳에 눕게 될 거야,

그땐 난 뭘 하고 있을까.

정원을 가꾸듯이 닦으면서 기다리겠지, 내 이름은 사라지지 않고 오랫동안 네 귓속에서 잠들 거야, 그

러자 너는 다시 귀를 내밀었다 귀에다가 속삭인다는
건 그만큼 사랑한다는 뜻이래, 귓불을 매만지며 수
줍게 말하던 너의 희미한 얼굴이 떠올랐다

두 조각

같이 잠들었다
내가 여름을 말하면 너는 바다를

그런 날이면 새벽에 금빛 바다가
펼쳐져 있었다

포말이 무엇인지도 몰라서
커다란 문어가 내뿜는 숨을 상상하며
파도를 기억했다

같이 배가 고팠다
꿈에서도 그래야 하는 줄 알았다

슬픔이 속삭였지만
모른 척 눈을 감았다

우리는 믿지 않지만
사랑은 믿었다

조각을 비춘 그림자는
천천히 천천히
머리부터 녹고 있었다

화원

테이블에 앉아 여태껏 죽어왔다 작고 깨끗한 접
시 꺼내 차가운 물 따르고 서로 포크를 쥐고 칼을 쥔
채, 죽어왔다 접시에는 어떤 음식도 올리지 않고 서
로의 꽃술만 떨어뜨린다 은밀히 꽃을 연구하다가 언
제나

늦었지?

축복한다 그리고 기도한다
이곳에서 결혼식이 열리고, 장례식이 열린다 발이
꽃 속에 잠길 때, 젖은 꽃 그림자 문지르며 연구한다
꽃은 조금씩 피 흘리고 푹푹 밟히는 꽃술만 남기고
사라지네

늦었어!

차례대로 타 들어간다 이곳에서
타고 있어 검은 모자 뒤집어쓰고 저마다 입 가린

채 웃는다 타고 있잖아 소방대원이 들어와 이제는
쉬고 싶다고 말한다 나는 어떤 상황이냐고 묻고 소
방대원은 오래, 아주 오래 탈 거라고 정성껏 답한다
다시 이야기 들으며

　늦었네.

　수술과 암술이 찻잔에 떨어진다 물 연거푸 쏟아
부으며 차를 끓인다 이런 큰 불은 얼마나 오랜만인
지, 다들 입맛을 다실 때, 모두가 불타고 허벅지만
남는다 흠뻑 젖은 허벅지가 타고 있다 여태껏

　꽃은 춤추고
　산 자에게
　산 자에게 산 자에게

흰

이 밤, 당신의 연주를 듣고 싶어요
헝클어진 머리칼
우린 사람들을 불렀죠 우린 노래를 불렀죠
당신의 연주를 기억해요
내가 하품을 하면 건반을 두드렸죠
테이블도 없는 카페였어요 국화를 잔뜩 깔아놓고,
아, 그래요 난 그곳에 앉아 있었어요
　내 친구, 당신이 치는 피아노엔 창문이 달려 있었던 것 같아요
　바람이 불었죠 내 몸은 애드벌룬처럼 떴을지 몰라요
　물끄러미 바라보고 있으면 당신의 눈부신 하늘이 보였을 거예요
　대리석으로 된 얼굴들이 떨어지고 눈물이 쏟아지고
　창문은 열리고 닫히고 반복했지요
　하지만 이 밤,
　내 친구,
　늦은 밤이 왔어요

퀴퀴하고 더러운 몸에서
시수가 흐르고

지옥에 가는 건 어려운 일이에요
당신의 음악이 텅 빈 입과 내 눈에서
빙글 돌고 있어요

고야의 산책

고야가 지나간다
고야, 네 뒤통수 좀 봐, 여기
좀 갈라졌는데, 은하가 꾸덕꾸덕 말랐어, 고야
벽 속에선 살 만하니, 요즘은 그것도 구하기 힘
들지
그럴 거야, 입술을 살찌운 녀석들이 많아, 그러게
축 처진 젖 질질 끌던 창녀들은 뭐해
모르나 보구나 고야, 그 터진 젖을 먹고 갈가마귀
가 자랐어
저기 노려보잖아 고야, 넌 언제나 목격하는군, 그래
하나의 생도 갖지 못하면서

고야가 지나간다
여긴 무덤인가, 그럼, 어디나 무덤이지
단두대 올라가 침묵하렴 고야
여긴 사창가인가, 그럼, 어디나 사창가지
대기에 대기를 사정하렴 고야
여기 사는 것들은 다 고아니까

이젠 늙기까지 했고

고야가 지나간다
담요 하나 줄래, 밤새 갈가마귀가 떠들어
갈겨주고 싶어서 말이야 밟으면
꿈틀거려 더 시끄러워, 고야
팔꿈치가 잘려 턱을 괼 수 없는 고야
사색할 수 없는 고야

우리 그러지 말고
내내 입 맞출까
고야?

아까시, 과일, 별의 줄무늬

울타리가 있어요 푸른 저택과 아까시나무, 낮은
십자가를 감싸는
까마득한 구름을 보는 맹인이 살고 떨어진 과일을
주워 먹는 아이들,
장작으로 만든 피아노를 치는 소년이 뛰어다녀요
저곳에서
당신을 위한 맹인이 되고 귀머거리가 되고
벙어리가 되어
같이 게임을 해도 좋겠죠
별의 줄무늬와 지붕 한 칸,
그것을 나누거나
발목을 태워도
아무도 모를 거예요
우울과 광기를 자랑으로 여기고
기꺼이 뛰어내릴 수 있는 그들을
사랑하게 된 건 오래전 이야기

푸른 저택, 아까시나무

그곳에서 미끄러지는 상상을 해요
다침 없이
손엔 흰 반점이
마치 떨어진 아까시꽃처럼
번져가고

울타리에 매달려 울고 있는 내게
당신은 언제든
뛰어내려도 좋다고 말해요
마치 영원히 받아줄 것처럼
영혼이 있다면 받아줄 것처럼

그 말이 있는 한 나는
여기 카페에 앉아서도
보란 듯이
눈과 혀를 흘리며
마구 떨어질 수 있어요

동경

붉은 파프리카

음악이 되는 파프리카

슬픔의 파프리카

붉음을 짚고 되돌아오는 흰 입술

그것은 바구니에 옮겨진다

어젯밤 꿈에 나온 파프리카

그곳에 오래 숨고 싶었지

남자가 되고 여자가 되어

사랑을 나누고 다시 사랑을 나누고

내 모습을 한 사람들을 잊고

이름 모를 소녀의 이마로 태어나고 싶었지

너의 거울이 되어

매일 밤

붉어지고

4

　맞아, 나는 하얀 새를 만났어, 벽마다 부딪히는, 창문마다 부딪히는, 하얀 새를. 내가 하얀 새를 불렀어, 새에겐 어딜 가도 창문이었지, 새에게는 하늘에 비친 창문, 창문, 창문밖에 없었던 거야, 새는 날았어, 창문을 향해, 나는 하얀 머리통으로 각진 지구를 두드리던 새를 만났지, 나는 하늘의 뼈를 쪼고 있는 새를 만났지, 나도 한번 두드려볼까,

　맞아, 나는 붉은 새야, 어딜 가도 문, 문, 문밖에 없었으니까, 나는 날았어, 문을 향해, 그리고 붉은 머리통으로 뾰족한 우주를 두드리는 새가 되었지, 나는 말머리성운 입속에 들어가 식도를 쪼았어, 그러다 검은 새를 불렀지, 검은 새는 바람처럼 나무를 흔들며 왔어, 구름에 엉켜 뚝뚝 떨어지며 왔지, 화산재에 불타던 새,

　맞아, 나는 검은 새를 찾았어, 어디를 가도 새, 새, 새밖에 없는 곳, 검은 새의 배를 갈라봐, 그 안엔 라이터가 있어, 우리를 불태울, 문을 불태울, 라이터가. 뼈만 남은 날개를 펼치고, 그렇게 창문을 불태우

고 있어.

　하얀 새, 붉은 새가 당신을 찾아왔어, 당신은 창문을 열어 새를 갈아 먹겠지, 배를 갈라 보겠지, 창틀에 널어놓고 말릴지도 몰라, 그러다 라이터를 찾을 거야, 화석이 된 새, 불타는 날개를 펼치고,

　당신은 날아갈 거야, 저 문을 두드리고, 불사르는, 맞아, 당신은 검은 새야.

십일월

열두 개의 시계가 마을에 걸렸다

두 개 정도면 되지 않을까

관심 없어
내 일 말고는 신경 쓰지 않아

대신 시계가 대꾸했다

열두 개의 어둠이 있었다

가끔 몇 시인지 궁금했다

나한테 묻지 마
시간은 결코 좋아지는 법이 없어

저마다 떠들었다

사는 게 창피해서
아무도 만나지 못하겠다는 유령에게
그 말을 전해주었다

신경 쓰지 않아
다들 바쁘니까

그가 조심스럽게
물었다

지금 몇 시지?

묻지 마, 바쁘다니깐,

나는 시계처럼 단호하게 대답했다

진화

　지금 여기 쇠파리 떼가 몰려들고 있으니 그가 왔
구나 늙은 처녀가 아이에게 젖 물리고 두엄이 들끓
으며 노래한다 열한 마리의 사냥개가 볕의 목덜미를
물고 있다 예언하라 구원하라 모든 것이 허깨비인
것을, 이곳엔 아무것도 없다는 것을, 내 영혼에 잠든
처녀들은 이미 다 늙어버렸다 춤추던 무희들은 다리
를 잃어버리고 태양은 모든 것을 무덤으로 만들고
있으니 미친 자들만 찾아오는구나 번개가 치면 사람
들이 덜덜 떨지만 시궁창에서 입을 벙긋거리며 내는
최초의 천둥소리는 왜 듣지 못하는가 내 눈동자가
머문 곳마다 그늘이 되었고 모두들 볕을 피하여 어
둠을 뒤집어쓰고 있으니 저주는 스스로 내리덮는 것
광기들이 권태롭다 이 모든 기록을 어찌해야 하는가

　〔……〕

　그러나 아무리 떠들어도 사람들은 청년을 지나쳤
고 오로지 고분 같은 쌀밥에 숟가락을 들이밀며 어

떻게 삼킬 것인가 골똘히 고민하는 중이었다 오늘의
메뉴처럼 매일 종말을 바꿔가며 기다리는 자들이 줄
지어 서 있었고

  그는 진심으로 슬퍼하는 괴물이 자신뿐이라고 그
래서 모든 게 비극으로 변했다고 믿었다 이것은 허
깨비다, 여기엔 아무것도, 그는 더듬거리며 떠들다
가 일을 마치고 뒤뚱뒤뚱 돌아가고 있었다

그날 온천에는

물의 허락을 받는 건 어려운 일

벗은 몸을 가리지 않고 떠 있는
안개와 소나무

온몸을 적시는 잠에 둘러싸여

거품과 거품에 대해
이야기를 나눈다

곁에는 수많은 난파선이 맴돌고

미완성의 진흙은
뼈 줍는 꿈을
속닥이며 가라앉고 있었다

방과 숲, 사랑의 아토포스

이 광 호

어떤 공간이 발견되면서 시가 시작된다. "그곳은 흰 방이었다" (「눈」), "그건 아주 낡은 벽이었지" (「벽」), "사물함을 열었더니" (「사물함」), "관이 열렸다"(「관」), "울타리가 있어요"(「아까시, 과일, 별의 줄무늬」)와 같은 첫 문장들이 등장한다. 첫 문장들은 시의 맨 처음의 표정, 언어가 쏟아져 나오는 입구의 표정이다. 그 문장들은 시가 시작되는 최초의 순간으로, 시가 발화되는 최초의 계기로서의 열려 있는 곳, 사건이 되는 곳, 그곳은 어디인가? '흰 방' '벽' '사물함' '관' '울타리' 같은 장소들은 어디인가? 그것들은 안과 바깥의 구획이 있는 공간, 닫혀 있거나 열려 있는 곳. 들어가는 일 자체가 하나의 시적인 사건이 되는 곳. 열고 닫는 것이 또 하나의 세계와 시간을 열고 닫는 사건이 되는 곳이다. 첫 문장들은 공간의 발견을

통해 다른 세계에 들어가는 장면을 연다. 그곳은 구체적인 공간이지만 이름을 갖지 않은 신비한 공간이다. 분명히 무언가가 보이고 들리지만, 그곳은 특정한 지명과 이름을 부여받지 못한 곳이다. 감각의 세계에서는 구체적이고 생생하지만, 제도적인 맥락에서 그곳은 익명적이다. 발을 들여놓는 순간 시가 시작되는 공간, 시가 호출하는 기이한 익명의 장소가 있다.

눈을 떴을 때
사내들은
늘
죽어 있더군.

나는 그들의 머리카락으로 짠
그림자를 바닥에 깔고
시체의 가죽을 두들기며 노래를 불렀어.

방이여!
영원히 굴러다오!
개의 입에 물려 있을 때에도
대지가 물어뜯을 때에도

눈은 모든 것들을

게걸스럽게 씹어 먹을 거야.
눈은 당신을 천천히 삼켜
한 구의 신선한 시체로 밀어 넣을 거야.

그리고
영영
이 하얀 방
나무판자 위에 올려놓고
시체를 두드릴 테지.
방의 전등이 켜지고
다시 꺼질 때,
바로 그때,
둥, 둥

— 「눈」 부분

    우선 '흰 방'이라는 공간에 대해 말해보자. 먼 곳의 북
소리가 그 방으로 인도했다고 상상해볼 수 있다. 그 북소
리가 "질긴 살을 두들기는 소리"라고 한다면, 그건 "시체
의 가죽을 두들기"는 소리일 것이다. 흰 방에서 "눈을 떴
을 때/사내들은/늘/죽어 있"기 때문에, '내'가 하는 일은
'시체들-사내들'을 두들기며 노래를 부르는 것이다. 이
시의 이야기 맥락을 구성하려는 헛된 시도를 포기하고
그 이미지의 흐름에 다가가보자. 먼 곳에서 살을 두들기

는 소리를 들었지만, 그 소리는 내가 '사내들 – 시체들'의 가죽을 두들기는 소리이다. 먼 북소리는 '내'가 두드리는 소리이기도 하다. 두 가지 상상이 가능하다. 처음의 북소리를 다른 방에서 들리는 북소리라고 말할 수 있거나, 혹은 '나'는 멀리서 '내' 북소리를 듣는다. 두번째 상상의 경우, 이 '하얀 방'에는 다른 시간이 흐르고 있다고 해야 한다.

　다른 시간을 둘러싼 단서들이 있다. '방'이 '영원히 구르고' 있다는 가정, 그리고 '나'의 눈뜸이라는 사건이 있다. 하얀 방이 '영원히' 구르는 방일 때, 그 방의 시간은 다른 차원에 속한다. "영영 이 하얀 방"이라는 표현 속에서 "영영"은 하얀 방의 존재방식이거나, 숨겨진 이름처럼 보이는 것이다. '영영'이라는 부사와 '둥둥'이라는 의성어는 일종의 주문이다. 그것은 "방이여!/영원히 굴러다오!"라는 내용의 주문이다. 또 하나의 단서는 '눈'이라는 이 시의 제목과 연관될 수 있다. '시체들 – 사내들'을 발견하는 것은 '내 눈'이며, 그 눈은 "모든 것을/게걸스럽게 씹어 먹"고 "당신을 천천히 삼켜/한 구의 신선한 시체로 밀어 넣을" 눈이다. '나'의 '시선 권력'은 '시체들 – 사내들'을 발견하는 눈이면서, '당신'을 '신선한 시체'로 만드는 눈이다. 하얀 방의 '내' 눈은 '시체들 – 사내들'을 발견하고 '당신 – 시체'를 '신선하게' 한다. '구르는 방'이 다른 차원의 '공간 – 시간'을 만든다면, '눈'은 '당신 – 시체'

를 다른 존재로 태어나게 한다.

세번째 사물함을 열었더니,
잃어버린 악몽이 가득 차 있었네,
뱀의 눈을 가진 남자,
하반신이 잘린 채 눈알을 뽑고 있지 뭐야,
내가 쳐다보자
그는 갓 뽑은 눈알을 내게 주었어,
그가 웃으며 문을 닫았지.

마지막 사물함은 굳게 잠겨 있더라,
통, 문을 두드리고,
퉁퉁, 발로 두드리다
아까 받은 눈알을 밀어 넣고 안을 들여다보니,
길 잃은 사물들이 춤을 추고 있었어,
모든 사물함을 다 잠글 수 있을 자물쇠 주변에서,
둥글게 통, 퉁, 제를 지내듯.

어느새 나는 지루한 시계가 되어
그들과 뛰어다녔단다,
그렇게 하루를, 또 하루를,
사물함 안에서 자물쇠를 걸고, 그렇게,

또, 세계를 닫았단다.

—「사물함」 부분

   '사물함'도 일종의 '하얀 방'이라고 말할 수 있는 것은, 사물함을 여는 순간이 다른 '공간–시간'으로 진입하는 순간이기 때문이다. 그 사물함 속에 "늙은 염소" "집 나간 어머니" "잃어버린 악몽" "뱀의 눈을 가진 남자"가 들어 있다. 이 시에서도 사물함의 안을 발견하는 것은 '내 눈'이다. 흥미로운 것은 '눈'과 '시선'의 '비양립적인' 관계이다. '눈'은 육체의 일부로서의 하나의 대상이 되지만, 시선은 언제나 '주체'의 자리에 있다. 시선은 이미 권력을 갖지만 눈은 시선의 출발점이 될 수도 있고 시선의 대상이 되기도 한다. 두번째 사물함의 "집 나간 어머니가 나를 보았"을 때, '내 눈'은 어머니의 시선의 대상이 된다. 세번째 사물함의 "뱀의 눈을 가진 남자"는 "내가 쳐다보자" "갓 뽑은 눈알을 내게" 준다. 사내가 '내'게 준 눈알은 마지막 사물함 안의 "길 잃은 사물들"을 들여다볼 수 있게 하는 눈이다.

   '시선'이 주체에 의한 대상의 지배라는 이분법 속에 갇혀 있는 것이라면, '눈'은 신체의 다른 잠재성에 속한다. 아마도 '눈'은 시선이 보지 못하는 것들을 만나게 할 것이다. 길 잃은 사물들의 춤은 사물들의 익명적인 언어이다. 춤 속에서 의식적인 주체는 사라지고, 리듬에 모든 것을 맡기면 비로소 자유로워진다. 마지막 사물함에서 '나'는 그 길 잃은 사물들의 춤과 함께하면서 "지루한 시계"가 된다. '나'는 멈추지 않고 영원히 계속될 사물들의 춤 세계에 참여한다. '나'는 사물함의 바깥에서가 아니라 사물함의 안에서 "자물쇠를 걸고" "또, 세계를 닫"는다. 마지막 사물함은 완전히 다른 시간 속에서 그 시간을 '안에서' 봉인하는 자리가 된다. 시선의 대상으로서의 사물함에서, '내'가 그 속에서 시간을 봉인하고 그 일부가 되는 사물함으로의 극적인 전환이 이루어진다. 비로소 사물함은 '내' 시선의 대상이 아니라, '내' 몸이 속한 장소가 된다.

손가락으로 만든 시계는
계속 같은 시간을 가리켜
여섯 시, 오로지 여섯 시
걸어둔 다리 한 짝을 꺼내 시계를 돌린다
이제 시간은 아홉 시, 오로지 아홉 시
다른 시간의 사람들이 찾아온다

방 구하러 왔소
모든 게 갉아 먹히기 위해
시계는 돌아가지
모든 게 무너지기 위해
관은 돌아가지

목에 숨겨둔 눈알에선

작은 무화과 열매가 달렸네

몰래 한 알 품속에 숨기지

우리는 각자 돌아가며 무너지네

시계는 다시 두 시, 오로지 두 시

썩은 계절은 돌아가며 무너졌어

—「관」 부분

    관이 "처음으로 생긴 내 방"이라고 말하는 화자가 있다. 관은 죽은 '나'만이 몸을 눕힐 수 있는 공간이지만, '내 방'에 사람들이 찾아온다. '내 방 – 관'의 방문자들과 "말캉한 눈을 뽑아/구워 먹"는다. 마치 '내 방 – 관'에 들어오기 위해서는 '눈'을 내어 놓아야 하는 것처럼, 그렇게 '눈'을 나눠 먹어야 '내 방 – 관'에 함께 있는 것이 가능한 것처럼. 다른 방식으로 말한다면 '내 방 – 관'에 함께 있다는 것, 그곳에서 '우리'가 된다는 것은 주체와 대상을 구분하는 시선의 체계를 없애버리는 사건이다. 그 공간에서 다른 시간이 존재하는 것은 이미 앞의 시에서도 드러난 일이다. "다른 시간의 사람들이 찾아"오는 일은 다른 시간의 교체와 순환이 '내 방 – 관'의 운행 방식이라는 것을 말해준다. '돌아가는' '내 방 – 관'은 앞의 시에서의 '영원히 구르는 하얀 방'(「눈」)의 이미지와 겹쳐진다. '내

'방－관'이라는 공간은 "각자 돌아가며 무너지"는 세계, 이상한 시간 속에 함께 처해 있기 때문에 '우리'라고 부를 수 있는 세계. "썩은 계절은 돌아가며 무너"지는 다른 차원의 '시간－공간'이다.

'관'을 '내 방'이라고 부를 때, '사물함'을 안에서 잠글 때, 영원히 구르라고 '하얀 방'에 주문을 걸 때, 그 '관'과 '사물함'과 '하얀 방'은 단순히 시선의 대상으로서의 공간이 아니라, 어떤 존재론적인 잠재성을 보유한 '몸'이라고 해야 한다. 왜 '방－몸'인가? '집'과 달리 '방'은 개인의 혹은 개별성의 공간이다. '내' 방은 내밀성, 은밀하고 사소한 행복의 의미 작용을 가질 것이다. 방은 개인의 비밀스러운 공간이다. 집에 관한 바슐라르의 명제를 변형한다면, '방은 인간 존재 최초의 세계'이다. 특이 여성적인 존재에게 '방－몸'의 이미지는 특별한 의미를 가질 것이다. 이 시의 화자들의 성별은 결정되지 않았지만, 그 화자가 '사내' 혹은 '그'라는 남성 대명사를 자주 사용한다는 점에 비추어 여성적인 존재일 가능성을 생각할 수 있다. (이것은 물론 시인이 여성이라는 것과는 다른 차원의 문제이다.) 프로이트의 제자인 테오도어 라이크는 여성의 몸이 생물학적 경계 너머로 확장될 가능성을 말한 바 있다. 여성적인 나르시시즘은 자신의 몸의 영역에 집중되는 것이기보다는 신체와 주변 공간으로 뻗어나간다. 여성적 존재에게 자신을 둘러싼 공간은 몸의 확장이며 연속이다.

또 다른 이론적 맥락에서 말한다면 '방-몸'은 들뢰즈와 가타리의 용어를 빌려, '기관 없는 신체'이다. 그것이 '어떤 기관도 고착화되지 않은 잠재성의 상태'를 가리킨다면, '방-몸'은 특정한 욕망이 다른 욕망으로 변이되고 다양한 욕망들이 서식하는 곳, 어떤 몸도 다시 구성할 수 있는 잠재적 상태이다. 아래의 시는 그 '방-몸'의 생성의 과정을 고백하고 있다.

밤,
나는 힘껏 벽의 물집을 뜯었어
안은 텅 빈 통로이더군
천장엔 거꾸로 매달린 실타래가 가득,
내가 톡 하고 건드리자
실타래가 쩍 벌어졌어
그 속에서 사람들이 쏟아지는 거 있지
그들은 딱딱하게 굳어
녹색 돌이 되고
붉은 돌이 되고
검은 돌이 되어
차곡차곡 쌓였어
그만, 나는 벽이 만들어지는 과정을 본 셈이야

내 비밀을 말해줄까

사실 내 팔뚝에는 하얀 점이 있어

점은 더욱 커져 물집처럼 부풀었지

말랑말랑한 부분을 잡고

껍질의 경계선을 뜯어내면

살이 뜯겨져 팔뚝 안이 보여

그 속에는 핏줄도 뼈도 없어

마네킹처럼 텅 빈 팔뚝,

쩍쩍 갈라진 그 속에는

아주 작은 팔이 자라고 있거든

그만, 나는 내가 만들어지는 과정을 고백한 셈이야

—「벽」부분

하얀 점이 그려진 벽은 '너'의 비밀을 적고 '내'가 덧칠하는 공간이다. 벽의 하얀 점은 "마치 시간의 물집"처럼 "말랑말랑하게 부풀어 오른"다. 벽의 하얀 점은 2차원의 공간에 속하지만 그 점이 부풀어 오르면 3차원의 공간이 생긴다. 피부의 물집은 2차원의 평면적인 피부에 3차원의 공간을 만들어낸다. 무형적인 시간은 공간으로 응축된 시간이 된다. 여기서 새로운 상상력이 시작된다. 벽의 물집 속에는 사람들이 쏟아지고 굳은 그들이 다양한 색상의 돌이 될 때, 그것은 "벽이 만들어지는 과정"을 '본' 것이다. "벽이 만들어지는 과정"을 묘사하는 화자에게 벽은 시선의 대상이지만, 마지막 연에서 그 벽의 탄생 과정이 사실은 자신의 몸의 탄생 과정임을 고백한다. 시적 주체와 벽은 더 이상 시선의 주체와 대상의 관계가 아니라, '벽-몸'의 관계이다. 벽의 하얀 점은 "내 팔뚝"의 "하얀 점"이며, "껍질의 경계선을 뜯어내면" "아주 작은 팔이 자라고 있"다. 그 과정은 "내가 만들어지는 과정"이고, 이 시의 전문은 그 "과정을 고백한 셈"이다. 이 시의 상상적 영역 안에서 벽은 닫힌 세계가 아니라 다른 몸을 구성하고 낳는 공간이다. 이제, 그 '벽-몸'을 여성적인 몸, 혹은 시적인 신체라고 말할 수 있게 되었다. '방-몸'에서의 시간을 "사랑하는 시간들"로 만드는 신체의 언어가 김소형의 시라고 말할 수 있는 지점에 도달했다.

여전히 내 방이었고 비가 내렸지 걱정할 건 없어 벽이 꿈틀거렸네 흰 돌처럼 쌓여 벽 이룬 뱀들, 벽이 흔들리고 있었지

당신이었구나 입에서 수풀이 자란 남자, 눈꺼풀에 이끼가 덮인, 투명하고 찐득한 침 흘리는 남자,
뒤늦게 알아보았네

커튼이 부풀고 밤은 살처럼 흘러내린다

어서 자, 여긴 네 방이잖아 당신이 말했지 방은 열어도

방이었고 벽은 움직여도 다시 벽이었어 창문이 열리고 닫
히고 다른 세계를 열고 닫아도 우리는 여기 있었지

　　여기 이 굴에서 길 잃고 어쩔 줄 몰라 하는 당신, 더러운
발 꼼지락거리며 슬프게 잠든 당신, 이 하얀 굴에서

　　쓰다듬고 있었네 사랑하는 시간들 후드득후드득 정수리
로 쏟아지고 우리는 끌어안은 채 단단하게 굳어갔지 하나의
뱀처럼 이어져, 서로가 기어가는 소리 내면서 스슥 스스슥
　　　　　　　　　　　　　　　　　　　　　──「굴」부분

　　"벽이 꿈틀"거리고, "커튼이 부풀고 밤은 살처럼 흘러
내"리는 '내 방'은 또 하나의 잠재성의 공간이다. 그 방에
서 속삭이는 자는 누구인가? "들어가서 자" "어서 자, 여
긴 네 방이잖아"라고, 속삭이는 '당신─남자'는 "입에서
수풀이 자란 난자. 눈꺼풀에 이끼가 덮인, 투명하고 찐득
한 침 흘리는 남자"이다. 남자의 신체는 온갖 변형을 잠
재하고 있으며, '내'가 '당신─남자'를 알아보는 것은 '내
방'에서 벌어지는 사랑의 사건이 시작되는 계기이다. "방
은 열어도 방이었고 벽은 움직여도 다시 벽이었어"라고
말할 때, 그 방의 잠재성은 '내재적'인 것이다. '내 방'이
'하얀 굴'로 전환되는 그곳이, "하나의 뱀처럼 이어져, 서
로가 기어가는 소리 내"는 얼마나 에로틱한 공간인지는

더 말할 필요가 없다. 그 공간은 상상적 영역에서 만들어진 '반(反)공간'이다. '방-몸'의 잠재성은 몸을 다른 곳으로 확장 전이시키고 타자의 몸을 받아들이는 사랑의 시간을 만들어낸다.[1]

고요한 밤,
버려진 시청에는 소녀의 익사체가 떠 있다

뒤집힌 치마,

물결을 밀어내고 선명하게 떠오르는
가느다란 실,

오늘 밤,
집집마다 딸과 아들이 태어나고
모두들 어루만지며
축복한다

---

[1] "사랑을 나눈다는 것은 스스로를 되찾은 자신의 몸을 느끼는 것이다. 그것은 마침내 내 몸이 모든 유토피아의 바깥에서 자기 밀도를 온전히 가지고서 타자의 손 안에 존재하는 것이다. 당신을 가로지르는 타자의 손길 아래서, 보이지 않던 당신 몸의 온갖 부분들이 존재하기 시작한다. [……] 그것은 유토피아를 침묵 시키고 달래주고 상자 안에 넣은 것처럼 가두고 닫아버리고 봉인한다." 미셸 푸코, 『헤테로토피아』, 이상길 옮김, 문학과지성사, 2014, pp. 38~39.

활짝 열린

죽음을 향해

불언으로 고백하는

다정한 손들,

—「흑백」 전문

   그리고 이제는 '소녀'에 대해 말해야만 한다. 소녀는 "버려진 시청에" "익사체"로 떠 있다. "버려진 시청"이라는 이미지가 환기시키는 것처럼 소녀의 익사체는 제도적이고 일상적인 시스템으로부터 외면당한다. 소녀의 익사체가 떠 있는 '밤'은 불길한 밤이면서 "집집마다 딸과 아들이 태어나고" 축복하는 밤이다. 신생아와 소녀의 익사체가 동시에 등장하는 이 기이한 밤은 "활짝 열린 죽음을 향해" 고백하는 밤이다. 소녀의 익사체는 "활짝 열린 죽음"과 "불언으로 고백하는" "오늘 밤"의 패러독스를 생성하는 이미지다. 이 패러독스는 doxa(통념)를 무너뜨리는 시적인 'paradoxa'라고 할 수 있다. 소녀들은 이 흑백의 풍경 속에서 패러독스를 여는 존재이다.

   복숭아가 떨어져요

가슴에서 허벅지로 발등으로 자꾸만 떨어져요

이마에서 짓무른 향이 나고 저는 길바닥에

알몸으로 누워 있었어요 발가벗겨진 채 누워 있어요 사
람들이

밟고 밟아 얼굴이 뭉개져 부끄러웠어요

길가에 누운 소녀,

발 뻗으면 작은 갈림길 생겨났어요 그 사이엔 물풀이

한줌의 털처럼 자랐고 몸 조금씩 불어갔죠

호수에 검불이 떠다녔고 종소리도 얕게 떠다녔어요

모든 것이 죽고 나서야 떠다니네요

[……]

엄마는 자신을 사랑했어요

구름사다리에도 소녀가 있었죠

긴 머리칼을 풀어헤친 채 단화 고쳐 신고

소녀는 고백했어요 그 머리칼 속에 바람이 흔들리고 있
었죠

긴 머리칼 소녀,

좋아하는 걸 해주고 싶었어요

목매달고 엄마를 바라보았죠

그건 어떤 이유도 필요 없는 일이었어요

소녀가 발 까닥이며 자신의 머리칼 속에 파묻히네요

소녀들

다리를 쭉 뻗고 누운 소녀들

길에서 벤치에서 철봉에서 더 길게 길게 누운 소녀들

그런데 사람들은 보지 못했죠

도대체 그들은 어떤 걸 보고 있을까

작게 재잘대는 궁금한 소녀들

—「소녀들」부분

　소녀들은 자신의 방을 갖지 못하고 거리에 노출되어 있다. '거리'는 '방' '관' '벽' '굴'과 같은 공간과는 다르다. '방 – 몸'의 잠재성이 실현되기 힘든 곳이 거리다. 소녀는 거리에서 "알몸으로" "발가벗겨진 채 누워" 있고 "사람들이/밟고 밟아 얼굴이 뭉개져 부끄러웠"다. 소녀에게는 자신의 몸을 숨길 곳도 없으며, 자신의 몸을 다시 만들어낼 방도 없다. 하지만 소녀는 무언가를 만들고 무언가를 말하고 있다. 소녀가 "발 뻗으면 작은 갈림길 생겨났"고, 자신을 보지 않은 '엄마'를 "작게 외쳤"다. 소녀는 '고백'하고 '엄마'를 바라본다. 이 시의 공간과 시선의 구조는 역설적이다. 소녀는 거리에 완전하게 노출되어 있고 "길에서 벤치에서 철봉에서 더 길게 길게 누"워 있지만, "사람들은 보지 못"한다. 보는 것은 오히려 소녀다. 소녀의 존재는 거리라는 가시성의 영역에 놓여 있지만, 소녀는 시선의 대상이 되지 않고 오히려 소녀는 숨겨진 시선의 주체가 된다. 소녀는 모든 곳에 편재하지만, 가시성의 영역에 존재하지 못한다. 그리하여 다른 사태가 발생한다. 소녀에게는 이 거리 자체가 '방-몸'의 잠재성과 연결되어 있다. 소녀는 이미 죽음 이후의 존재이지만, "모든 것이 죽고 나서야 떠다니네요"라는 문장처럼, 죽음 이후의 다른 존재의 잠재성과 연결되어 있다. 모든 곳에 존재하지만 사람들이 보지 못하는 소녀들, "작게 재잘대는 궁금한 소녀들"이 시적 주체가 된다는 것은, 소녀들의 고백과 작은 재잘거림이 '시적인 것'에 가까워진다는 것. 소녀의 몸에서 "물풀이/한줌의 털처럼 자랐고 몸 조금씩 불어"가는 시적인 사건, '몸-공간'의 사건이 벌어진다는 것이다.

꿈속이라 믿었던 숲이었습니다
어딜 가나 음악이고 어디서나 음성이던 숲
저는 환한 잠을 따 광주리에 담았습니다
제게 잠을 먹으려는 어수룩한 무리가 있었고 다시 이 세계가 사라지기만을 기다리는 천사들이 있었지요 밤마다 불 피우며 땅속에다 숲을 두고 돌 속에다 숲을 두고 주머니에도 발가락 사이에도 두었습니다
이미 죽은 당신에게 총을 겨루는 병사들과 당신을 묻기 위해 땅을 파는 인부들과 숨겨둔 숲을 찾아 도끼질하는 벌목꾼을 피해 그리하여 숲은 만들어졌습니다

숲을 두고 숲을 두고

그저 당신과 하루만 늙고 싶었습니다

빛이 주검이 되어 가라앉는 숲에서

나만 당신을 울리고 울고 싶었습니다

──「ㅅㅜㅍ」전문

　김소형의 시들을 '공간 – 몸'의 시로 읽어온 짧은 독서
의 여정이 끝나려 할 때, 'ㅅㅜㅍ'이 나타났다고 말할 수
있다. '숲'의 일반적인 상징적 가치가 신화적인 여성 원리
혹은 깊은 무의식과 영적인 이미지, 미지의 위험이 도사
린 세계라고 말하는 것으로는 충분하지 않다. 이 시의 제
목은 '숲'이 아니라 'ㅅㅜㅍ'이며, 이렇게 음소들을 분절
시켜 음절과 단어로 결합되는 것을 낯설게 만들 때, '숲'
은 이미 다른 공간이 되어 있다. 이 시에서도 숲은 '꿈과
잠'의 세계라는 무의식의 공간에 가깝지만, 다른 차원들
을 만들어내는 몇 가지 지점이 있다. 숲은 우선 "이미 죽
은 당신에게 총을 겨누는 병사들과 당신을 묻기 위해 땅
을 파는 인부들과 숨겨둔 숲을 찾아 도끼질하는 벌목꾼
을 피해" 만들어지는 곳이다. 세상의 시선체계의 틈에 숨
겨진 금지되고 은폐된 '반(反)공간'이다.[2] 또한 "땅속에

---

2) "자기 이외의 모든 장소들에 맞서서, 어떤 의미로는 그것들을 지우고

다 숲을 두고 돌 속에다 숲을 두고 주머니에도 발가락 사이에도 두었습니다"와 같은 문장에서 숲은 '두는 곳'이다. '두다'라는 동사가 갖는 의미의 미묘한 다양성은 '숲'의 잠재성이 된다. '두다'가 '일정한 곳에 놓다. 어떤 상황이나 상태 속에 놓다. 남기다. 설치하다'와 같은 다양한 의미들을 거느릴 때, 시적 주체는 '숲은 두는 존재'로서의 사랑의 주체이다. 이 시에서 '두다'는 행위의 주체는 뚜렷하지 않고, 그 행위 자체의 능동성과 수동성의 경계도 모호하지만, 이 모호한 '두는' 행위는 '정확하게' 사랑을 둘러싼 욕망이다.

"숲을 두고 숲을 두고/그저 당신과 하루만 늙고 싶었습니다"라는 욕망이야말로 '몸 없는 몸의 유토피아'를 '두려는' 사랑의 욕망이다. "이미 죽은 당신"과 함께하는 "빛이 주검이 되어 가라앉은" 공간은 죽음 이후의 잠재성이 실현되는 곳이다. 그곳은 '당신 – 나'의 내밀한 울음으로만 가득한 공간, 장소를 점유하지 않지만 영원히 다른 장소를 만들어내는 곳, 그리고 그 모든 장소가 시작되는 출발점으로서의 '방 – 몸'이다. 그곳은 장소 아닌 장소로서의 사랑의 장소, 고정될 수 없고 정체를 알 수 없는 끊

중화시키고 혹은 정화시키기 위해 마련된 장소들. 그것은 일종의 반공간이다. 이 반공간, 위치를 가지는 유토피아들, 아이들은 그것을 완벽하게 알고 있다. 그것은 당연히 정원의 깊숙한 곳이다." 미셸 푸코, 같은 책, p. 13.

임없는 독창성으로서의 사랑의 '아토포스'이다.[3] 사랑은 사랑의 낯선 장소를 만들어내려는 간절한 욕망이니까. 사랑에 빠진다는 것은 세상의 상투성을 넘어서 그 은밀한 장소의 연인이 된다는 것이니까. 이 시집 속의 각각의 시들은 그 모든 사랑의 '방'이며, 김소형의 시가 노래하는 것은 그 모든 사랑의 장소들이다. ▨

---

3) 장소를 의미하는 토포스topos에서 벗어나는 분류될 수 없고 독창적인 곳을 의미한다. "사랑하는 사람은 사랑의 대상을 '아토포스'로 인지한다. 이 말은 예측할 수 없는 끊임없는 독창성으로 인해 분류될 수 없다는 뜻이다." 롤랑 바르트, 『사랑의 단상』, 김희영 옮김, 동문선, 2004, p. 60.